AU DOCTEUR

COMTE SÉBASTIEN DES GUIDI

INTRODUCTEUR ET PROPAGATEUR

DE

L'HOMŒOPATHIE EN FRANCE

NOTICE EN VERS

PAR

ÉTIENNE DUCRET

avec un PORTRAIT gravé sur bois, d'après le buste exécuté en marbre par AUGUSTE ROUBAUD jeune, et tiré de l'ILLUSTRATION

PARIS

CHEZ TOUS LES LIBRAIRES

ET CHEZ L'AUTEUR

38, RUE SAINT-SULPICE, 38

1864

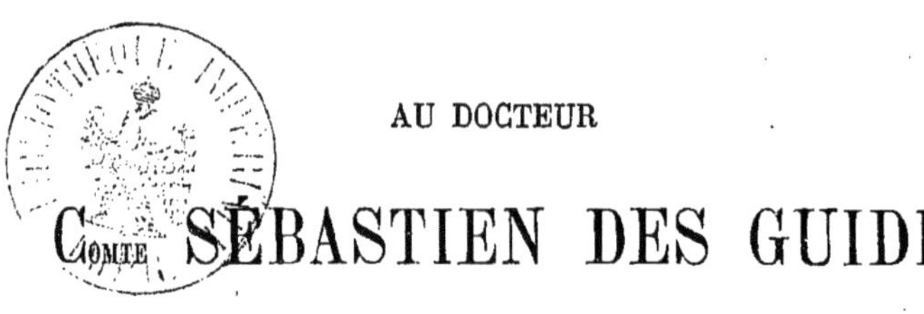

AU DOCTEUR

COMTE SÉBASTIEN DES GUIDI

INTRODUCTEUR ET PROPAGATEUR

DE

L'HOMŒOPATHIE EN FRANCE

AU DOCTEUR

COMTE SÉBASTIEN DES GUIDI

INTRODUCTEUR ET PROPAGATEUR

DE

L'HOMŒOPATHIE EN FRANCE

NOTICE EN VERS

PAR

ÉTIENNE DUCRET

avec un PORTRAIT gravé sur bois, d'après le buste exécuté en marbre par AUGUSTE ROUBAUD jeune,
et tiré de l'ILLUSTRATION

PARIS
CHEZ TOUS LES LIBRAIRES
ET CHEZ L'AUTEUR
38, RUE SAINT-SULPICE, 38

1864

EXTRAIT DE L'ILLUSTRATION

Numéro du 30 avril 1864.

Le 27 mai 1863 est mort à Lyon, dans sa quatre-vingt-quatorzième année, Sébastien-Gaëtan-Salvador-Maxime comte des Guidi, ancien professeur de mathématiques aux colléges de Privas, de Lyon et de Marseille ; ancien inspecteur de l'Université à Grenoble et à Lyon; docteur ès sciences, docteur en médecine, et *introducteur de l'homœopathie en France.*

Né le 5 août 1769, au château de Guardia, près Caserte, dans le royaume de Naples, le comte des Guidi, compromis par ses opinions libérales, fut exilé en 1799.

Réfugié en France, il occupa diverses chaires d'enseignement et se fit recevoir docteur en médecine à Strasbourg, en 1820.

La comtesse, sa femme, ayant été guérie d'une maladie réputée jusqu'alors incurable, par l'homœopathie, le docteur des Guidi se décida à étudier la thérapeutique nouvelle ; il avait alors soixante-deux ans : il établit des relations suivies avec Hahnemann, et, en 1830, il introduisait en France l'homœopathie, qu'il pratiqua à Lyon jusqu'à sa mort.

Par ses cures nombreuses, par les quelques écrits qu'il a laissés, et surtout par l'influence qu'il exerçait sur ses confrères, le docteur des Guidi contribua à la création de deux journaux et de deux hôpitaux homœopathiques, ainsi qu'à la conversion à l'homœopathie d'un grand nombre de médecins.

M. Roubaud jeune vient d'exécuter un buste de ce savant docteur. Nous nous empressons de le publier comme un hommage rendu à la fois à l'homme dont la carrière fut aussi longue que laborieusement remplie, et à l'artiste qui a su exécuter unè œuvre d'un véritable mérite.

P. P.

LE COMTE DES GUIDI

Introducteur de l'Homœopathie en France

Buste par Auguste ROUBAUD jeune

AU DOCTEUR

Comte SÉBASTIEN DES GUIDI

INTRODUCTEUR ET PROPAGATEUR

DE

L'HOMŒOPATHIE EN FRANCE

(NÉ A NAPLES, 1769. — MORT A LYON, 1863)

« *Mire Sanati gratitudinis memores!...* »

I

De la Seine au Kremlin répercutant les cris
Dont mugissaient alors les échos de Paris,
Le glas du tremblement sonnait *quatre-vingt-treize!...*
Tout allait se refondre à la grande fournaise...
L'ancien Temps, vermoulu, craquant de toutes parts,
Lançait dans le brasier ses préjugés épars;
Lois, sciences, progrès, — sous la faux qui nivelle, —
Entrevoyaient, dans l'ombre, une aurore nouvelle;
A la voix des *Bichat,* lui montrant l'avenir,
Le vieux *corps médical* semblait se rajeunir;

Et dans ses flancs poudreux, sentant grincer la scie...
Le temple d'Epidaure attendait son messie...
Hahnemann (1) apparut!

— Depuis plus de vingt ans,
Du *Codex* il sapait, sans bruit, les arcs-boutants...
« Trop souvent, — pensait-il, — notre docte pléiade
Ne guérit la douleur qu'en tuant le malade...
Essayons, désormais, un moyen plus normal :
Pour guérir le malade, *empoisonnons* le mal ;...
Et qu'en nous infiltrant le germe qui féconde,
L'atome inoculé régénère le monde!... »

C'est ainsi que, frappé par un rayon du ciel,
Son génie évoqua ce principe immortel
Qui, plus tard, illustrait un Anglais philanthrope,
Jenner..., en révélant la *vaccine* à l'Europe!...

Mais quand la vérité soudainement reluit,
Son flambeau nous étonne et sa flamme éblouit :
Lorsqu'à l'aréopage il soumit sa conquête,
Toute la *Faculté* cria, hochant la tête :
« De nos lois ce grimoire ignore l'A bé cé...
Opposer le *semblable* au *semblable*..., insensé!...

(1) Samuel Hahnemann, né à Meissen (Saxe), le 10 avril 1755 ; mort à Paris, le 3 avril 1843.

Prétendre qu'il combat, qu'il guérit et déplace
La chaleur par le feu..., le froid avec la glace !... »

— A ces mots, contre lui, hurlent, à l'unisson,
Carabins... infirmiers !... — *Sganarelle* et *Purgon,*
Dont le dos porte encor l'empreinte singulière
Des verges dont, jadis, les fustigea *Molière,*
De l'aveugle routine, agitant le drapeau,
Du *Luther médical* lacèrent le manteau...

. . . .

Lui, semant ses bienfaits de village en village,
(En faisant des heureux l'opprimé se soulage),
En un souverain baume il changeait le poison !...
Plein de foi dans son œuvre, et l'œil sur l'horizon,
Banni, calomnié, méconnu par ses proches,
Mais posant ses deux mains sur son cœur sans reproches;
Fort de sa conscience et bravant le mépris,
Samuel se disait : « Et, pourtant... je guéris ! »

O *Caus,* ô *Galilée,* ô *Newton*... ô génies !...
Serez-vous donc toujours traînés aux gémonies !

II

— Et Toi, quand de ton maître on raillait la vertu,
O comte des *Guidi*... là-bas... que faisais-tu?...
Sans te douter encor que sa cause est la tienne,
Comme *Saül* étendu sur la robe d'*Étienne,*
Tu regardais, de loin, lapider ce savant,
Dont tu seras bientôt le disciple fervent!...
— Ah! c'est que, pour briser, d'un coup, sa vieille idole...
Pour changer son autel contre un nouveau symbole...
Quand on fut, comme toi, docteur et chevalier,
Légiste et général... quand on sut allier
La plume et le compas, le scalpel et la dague...
Quand on porte un blason qui s'appuie aux *Gonzague*
Et touche aux *Bonaparte*... Enfin, quand des *Broussais*
On suit, depuis trente ans, la trace avec succès...
Lorsque soixante hivers de lutte et de tempête,
Dans l'étude et l'exil ont blanchi notre tête...
Il faut au converti des preuves... il lui faut,
Comme à *Paul*... un éclair qui jaillisse d'en haut....

III

— Un soir... elle était là, gisante... inanimée...
Celle que ton bon cœur nommait sa bien-aimée...

Tes efforts impuissants, contre l'arrêt du Ciel,
Aux *grands prêtres* de l'Art faisaient un vain appel...
Condamnée à mourir... en ce moment suprême...
L'ange de tes vieux jours... la moitié de toi-même...
L'épouse, aujourd'hui veuve et qui porte ton deuil...
Elle était là .. glacée... un pied dans le cercueil...
Quand l'ombre d'*Hahnemann*, se penchant sur sa couche...
D'une main, déposant l'arome sur sa bouche,
De l'autre, te tendant son livre... s'écria :
« Toi, *comte,* prends et lis... *mourante,* bois et va!... »
Et, docile à la voix du docteur patriarche,
Celle que tu pleurais... soudain se lève et marche !...
Et toi, prenant ce livre, aux ignorants suspect,
Tu le baisas, d'abord, avec un saint respect...
Et quand, pour toi, l'arcane eut rendu ses oracles,
Tu t'es dit : « Je puis donc faire aussi des miracles !
O Livre, à qui je dois un bonheur imprévu,
Je veux redire à tous ce que mes yeux ont vu...
France, du vieux proscrit la seconde patrie,
A toi les plus doux fruits de cet arbre de vie !
Si, par moi, de tes maux *Hahnemann* est vainqueur,
J'acquitte envers vous deux la dette de mon cœur...
Oui, j'irai de mon maître implanter le symbole... »

« O vous, chers compagnons... fils de l'ancienne école,

Hier, de *Gallien* gardant l'antique loi,
Comme vous je doutais... croyez donc avec moi!
Au nom de la douleur... au nom de la science...
Venez!... je fais appel à votre conscience...
Prenez... jugez... voyez : ceux qu'avait condamnés
Le vieux *Codex* s'en vont sains et guéris... Venez!
Mes livres, mes trésors, mon cœur, mes jours, mes veilles,
Sont à vous!... — Si le grain fait déjà des merveilles,
Que sera-ce quand l'arbre aura tous ses rameaux?
L'Humanité réclame un dictame à ses maux...
Ah! dussent nos sueurs arroser notre offrande,
A l'œuvre, amis, venez... la tâche est noble et grande...
Moi, quand de l'arbre en fleur les fruits seront sortis,
Heureux, je chanterai : « Seigneur... *nunc dimitis!...* »

IV

Ainsi, noble vieillard, plus que sexagénaire,
De ta science encor tu refis le glossaire...
Refus, mépris, sarcasme, ironie et dédain,
Rien ne put ébranler ta grande âme... et, soudain,
Voilà que, se levant au cri qui les exhorte,
Génevois et Français se forment en cohorte,
Jouve, Simon, Dérault, Pérussel, Cabarrus,
Et mille autres encor, sur tes pas accourus,

Au nom du genre humain, inaugurent le temple
De l'HOMŒOPATHIE ! — Et, leur prêchant d'exemple,
Guidé par ton saint zèle et par ta charité,
Gratis... à pleines mains... tu répands la santé !
On eût dit que la Mort, dont tu sauvais les autres,
Hésitait à frapper l'émule des *apôtres*...
Si le Ciel sans enfants te laissait ici-bas,
Les affligés baisaient la trace de tes pas...
Père de l'orpheline et soutien de la veuve,
Du feu qui t'embrasait nous prodiguant la preuve,
Quand elle eut épuisé ses rayons bienfaisants,
Ta flamme s'éteignit.... à *quatre-vingt-quinze ans!*...
Et maintenant repose... Et, sur ta froide tombe,
De la reconnaissance accueille l'hécatombe...
De la France, *ô proscrit,* doublement citoyen,
Comme enfant adoptif et comme homme de bien,
Toi qui nous révélas la science nouvelle,
De ta foi, dans nos cœurs, nous gardons l'étincelle...
Car ton savoir, ton nom, ta générosité,
Sont pour nous les garants de ta sincérité!...

V

— Et toi, qu'un *de Guidi* nous apprit à connaître...
(En saluant l'apôtre, on doit bénir le maître)...

Hahnemann, sois béni ! — que dans son panthéon
L'Humanité souffrante inscrive un jour ton nom !...
Quels que soient les assauts réservés à ton œuvre,
Contre la Vérité l'Erreur en vain manœuvre...
Pour planter ton drapeau, je laisse à tes docteurs
De prouver ton principe envers tes détracteurs...
Moi, sans scalper tes lois, pour en sonder la base,
(Au poëte chanteur sied mal la docte phrase),
Sans démontrer la cause acclamant les effets,
Je viens mêler ma voix au bruit de tes bienfaits,
Et crier à ceux-là qui blasphèment ta cendre :
« C'est une iniquité de nier sans entendre...
Notre siècle, *esprit-fort,* à l'*apathie* enclin,
Ne croit que ce qu'il voit..., mais ne regarde rien...
Avant de conspuer le berceau d'une idée,
Au front de ce savant, par le Ciel fécondée,
Vous, qui flagellez tout : *Dieu, science, progrès...*
(Sauf à leur élever un piédestal... après !...)
Vous, *sceptiques,* pour qui sa doctrine est un leurre,...
Si vous interrogiez la foule qui le pleure,
Si vous lui demandiez comment il opérait,
De ceux qu'il a sauvés... plus d'un vous répondrait,
Comme l'*aveugle-né* dont parle l'Ecriture :
« Mieux que vos vérités j'aime son imposture !...
Qu'importe, pour chasser les maux que j'ai soufferts,
Qu'il tienne son secret du ciel ou des enfers !

Debout devant sa tombe, et baisant son image,
Mes os, mon sang, ma chair, lui rendent témoignage...
Car, moi qui vous *entends*... j'étais *sourd* autrefois...
Hier, j'étais *aveugle*,... et, maintenant,... je *vois!*... »

. . . .

Étienne DUCRET.

Paris. — Typ. de Cosson et Comp., rue du Four Saint-Germain, 43.

OUVRAGES A CONSULTER

Lettre aux Médecins français sur la Médecine homœopathique, par le docteur Des Guidi.

La Médecine et la loi de l'attraction universelle, suivies des biographies de Hahnemann et de Des Guidi, par le docteur F. Perrussel.

De l'Homœopathie et sa destinée, par le même.

Le Comte des Guidi, notice biographique par le docteur Gallavardin.

Ces 4 ouvrages se trouvent à Paris, chez Baillière et fils.

Le Mémorial historique (1863), à Paris, à la direction générale, 22, rue du Havre.

Biographie du Comte des Guidi, par Jules Foret. Lyon, chez Vintrinier.

Paris. — Typ. de Cosson et Comp., rue du Four-Saint-Germain, 43.

www.ingramcontent.com/pod-product-compliance
Ingram Content Group UK Ltd.
Pitfield, Milton Keynes, MK11 3LW, UK
UKHW020456220726
13923UKWH00006B/2581